獻給正在尋找寶藏的你

小小的寶藏——寄居蟹與海葵的共生

文　　　圖	劉小屁
責 任 編 輯	朱君偉
美 術 編 輯	黃顯喬

發 行 人	劉振強
出 版 者	三民書局股份有限公司
地　　　址	臺北市復興北路 386 號 (復北門市)
	臺北市重慶南路一段 61 號 (重南門市)
電　　　話	(02)25006600
網　　　址	三民網路書店 https://www.sanmin.com.tw

出版日期	初版一刷 2019 年 1 月
	初版二刷 2021 年 2 月
書籍編號	S317612
I S B N	978-957-14-6556-2

小小的寶藏

寄居蟹與海葵的共生

劉小屁／文圖

三民書局

小小是寄居蟹家族裡最小的一隻，
他有一雙小小的螯
和一間小小的屋子。

大寄居蟹們很疼愛小小，總是陪著他四處玩耍。小小每天都很開心。

遇到了可怕的壞蛋，
哥哥們也總是挺身而出保護他。

小小很想像哥哥們一樣強壯、勇敢，
所以每天認真吃飯、運動，
希望有一天可以保護大家。

可惜長大需要花很多時間，
小小努力訓練了好一陣子，
卻還是家族裡最小的寄居蟹。

小小還是小小的，
遇到危險只好躲在哥哥背後。
小小還是小小的，
害怕的時候只能縮在殼裡發抖。

有一天，

小小遇見了一隻拳擊蟹，

他奮力揮舞雙手，

竟然嚇跑了大章魚。

拳擊蟹跟小小說：

「海葵森林裡有一種好屬害的寶藏，

有了他，

你再也不用害怕章魚和大螃蟹囉！」

小小鼓起勇氣，
出發尋找拳擊蟹口中的
海葵森林。

歷盡千辛萬苦，
小小終於來到海葵森林。
海葵們看見小小，
都興奮的高舉觸手，
歡迎小小的到來。

在許多鮮豔華麗的海葵中，
小小看見了一朵和他一樣小小的、
可愛的小海葵。

小小邀請小海葵住到自己的殼上，

小房子變得更美麗了。

雖然小小還是不明白

拳擊蟹說的寶藏是什麼。

小小和小海葵
準備一起去旅行。

開心的他們沒有發現
可怕的事情將要發生……

「嘿～ 嘿～ 嘿～

我要吃掉你們！」

大章魚伸出長長的腳，

把小小嚇得縮回屋子裡發抖。

想要保護小海葵的小小

著急的哭了出來。

沒想到小海葵身上的觸手
把大章魚刺得好痛，
大章魚只好快快逃跑了。
看起來溫柔又弱小的小海葵
竟然保護了小小。

小小這才明白，
原來拳擊蟹說的寶藏，
就是背上的小海葵啊！

知識補給站

不同種生物間的互助合作

物競天擇、弱肉強食可說是大自然的法則，但是弱小的生物也會有牠們的生存之道，就好比寄居蟹與海葵的共生關係。

寄居蟹是一種節肢動物，牠的外型介於蝦和蟹之間，大多數會寄居在螺殼之中。根據居住的環境，寄居蟹可分為海棲寄居蟹和陸寄居蟹。海棲寄居蟹會在海洋裡或海灘礁岩淺水裡被

發現，而陸寄居蟹則會在海灘沿岸或內陸地帶被發現。寄居蟹是一種雜食動物，從藻類、食物殘渣、寄生蟲無所不吃，因此被稱為海邊的清道夫，對整個大自然海洋生態鏈的維護，有著相當大的貢獻和幫助。寄居蟹的天敵除了章魚和大螃蟹外還有大型魚類，章魚會用八隻腳把寄居蟹從殼裡拖出來飽餐一頓，為了抵禦天敵，寄居蟹選擇與海葵合作。

海葵是一種無脊椎動物，雖然看上去很像花朵，但牠是捕食性的動物。海葵的觸手佈滿內含毒液的刺絲胞，用來捕食和抵禦天敵。海葵多數棲息在淺海和岩岸的水窪或石縫中，由於行動緩慢捕食不易，因此寄居蟹會把海葵背在殼上，於是牠們有了「共生」的關係。寄居蟹靠著殼上的海葵抵禦天敵；而海葵靠寄居蟹增加獲得食物的機會，互利互惠、製造雙贏的局面。

並不是所有的寄居蟹都與海葵有「共生」的關係，也不是與海葵共生的蟹類就只能把牠背在殼上：「拳擊蟹」就是把海葵握在兩隻螯上。拳擊蟹的體型不大，也沒有威猛的大螯，為了威嚇敵人，拳擊蟹會揮舞持握海葵的螯，嚇阻敵人保護自己。

⭐ 作者簡介

劉小屁

本名劉靜玟，臺北市立師範學院畢業。

離開學校後一直在創作的路上做著各式各樣有趣的事。

接插畫案子、寫報紙專欄，作品散見於報章與出版社。

在各大百貨公司與工作室教手作和兒童美術。

2010 第一本手作書《可愛無敵襪娃日記》出版。

2014 出版了自己的 ZINE《Juggling from A to Z》。

開過幾次個展，持續不斷的在創作上努力，兩大一小加一貓的日子過得幸福充實。

⭐ 給讀者的話

《小小的寶藏》是一本結合了科普知識和品格教育的繪本。

我們以寄居蟹與海葵的共生關係為基礎，展開了一個小小的冒險故事。

故事中的主人翁「小小」，是一隻特別弱小的寄居蟹，

卻在獲得海葵朋友的幫助後，變得更加勇敢堅強。

或多或少，每個人都有不夠厲害的地方，

能夠提起改變的勇氣，邁出步伐，找到可以相伴的朋友，是最珍貴的寶藏。

「小小的也沒有關係，只要和你在一起，就能變得更堅強」。

如果每個孩子都能有這樣的夥伴，那就太好了。

在查資料的過程中看到了一段視頻。

寄居蟹長大要換殼，換了殼的寄居蟹沒有拋下舊殼上的海葵，

而是花了許多時間，輕輕的、溫柔地將海葵從舊殼上拔下來，

再慢慢地放在新殼上。

無論物換星移，朋友永遠是最重要的寶藏。很讓人感動不是嗎？

你找到你的寶藏了嗎？